# 茸の耳　鯨の耳

ミシマショウジ

TRANSISTOR PRESS

佐藤由美子に

# 序にかえて

パン生地をこねていると、パンの気泡は酵母菌のため息だ、そのように感じるときがある。いや、ため息の痕跡か。私たちは二酸化炭素を吐き、植物は酸素を吐き、酵母菌は炭酸ガスを吐く。

自家製酵母でパンを焼く、酵母菌を採取して培養している、などと言うとたいそうに聞こえるけれど、酵母菌はどこにでもいる。果物の皮に、庭木の葉っぱに、開く茸に、この手にも。たとえば、瓶に入れたブドウの実に水を注ぎ、暖かいところに二日も置いておくと、ぷくぷくと、ブドウの実の表面から泡が湧いてくる。みるみるソーダ水のようになって、ふたを外すと、プシュッとビール缶を開けたような夏の音がする。これが酵母菌の生きている音、パンのふくらみの音。

朝の三時、パン屋は働きはじめる。お湯を沸かし、ミキサーの電源をオン。昨日のうちに仕込み、冷蔵庫で寝かせておいたパン生地を取りだして、そのふくらみを確認する。もう何十年もパン生地とつきあっているが、それでもいつも不思議に思う。あんな小麦粉の泥団子みたいなものが、こんな泡の布団のようになるなんて。指で押すと押し返してくる。酵母菌の炭酸ガスを包んでいるのは小麦粉のグルテンだ、泡の膜を作っている。

ミキサーを回しパン生地をこねる。タイマーをセットして、書きかけの詩の断片を冷蔵庫に貼りつけておく。夏の季節だと午前四時過ぎには、東の空が白みはじめる。まだ誰もいない道の真ん中に出て、朝の空を確認する。まだそこに月が残っていると得した気分になり、朝焼けが見えると、そわそわして落ち着かない。雨だと山の匂いがする。パン生地を取り分けて醗酵棚で温める。酵母菌は湿度八十パーセント、温度三十度ぐらいが好きだ。

モノが菌によって分解され人間に害がある状態になる現象を「腐敗」といい、同じ分解でも人間に利がある現象を「醗酵」という。醗酵は腐敗なのだ。


パン生地の醗酵はどんどん進む。百グラム、二百グラムと分割しては、形を作り二次醗酵へ。

手を早く動かす。醗酵のスピードについて行かないとダメだ。酵母菌がガスをめいっぱい吐いているうちに成型しないと生地がだれてしまう。醗酵のリズムとともに身体が動く。

でも、手を早く動かさないといけない理由はもうひとつある。売れ筋のアンパンだって作るのだから、一分間に十個の餡子を包めないと！
やっぱりパン屋もこの資本主義経済のまっただなかにいる個人商店であり、生産性をあなどることはできない。「パンは商品じゃなくて日々の糧だ」などと言ってはみても、アンパン一個、二三〇円の値札を貼るのだから。

醗酵のリズムと経済効率は相容れない、酵母菌は資本を蓄積しない。パン屋はその狭間でおろおろするが、またその矛盾に満ちた緊張が手に活気を与えてくれる。こうして作業場は熱くなる。午前五時頃になると鳥たちが、裏のムクノキにやって来て朝の挨拶を交わしだす。

バゲットはパン生地を、折り紙を

折るように成型する。内側のガスを潰さないようにしながら、三つ折りに、さらに二つ折りにして、のりしろ部分を綴じる。カンパーニュは丸くボールのように成型して、そっと醗酵籠に入れる、綴じ目が上に。ベーグルは涙のように、すこし長めの涙滴形に伸ばしてから、手のなかでくるっと輪っかを作り両端を綴じる。茹でてから焼くので、輪っかが外れないようしっかりと。冬にはクロワッサンも仕込む。ライ麦パンは醗酵に時間をとって、ゆっくりと。

もうオーブンは温まっている、二四〇度。ひとつひとつ成型したパンはふくらんでいる。朝の六時にもなると、仕事や学校に向かう人の足音、車のエンジン音が聞こえはじめる。毎日同じ作業のタイミングで窓の向こうを通り過ぎていく人を覚えてしまう。

パンの声を聞いたりはしない。仕事はそんなロマンチックなものじゃない。それでも冷蔵庫に貼りつけた紙切れにことばを書きつけていく。冷蔵庫の唸りと同期することば、そこにはやっぱり酵母たちのざわめきが幾分か混入しているのは仕方ない。

すっかり空は明るくなり、町が輪郭を持ちだすとことばも終わる。オーブンからパンが焼きあがり、その気泡は私たちのポエジアだ。

目次

# 茸の耳　鯨の耳

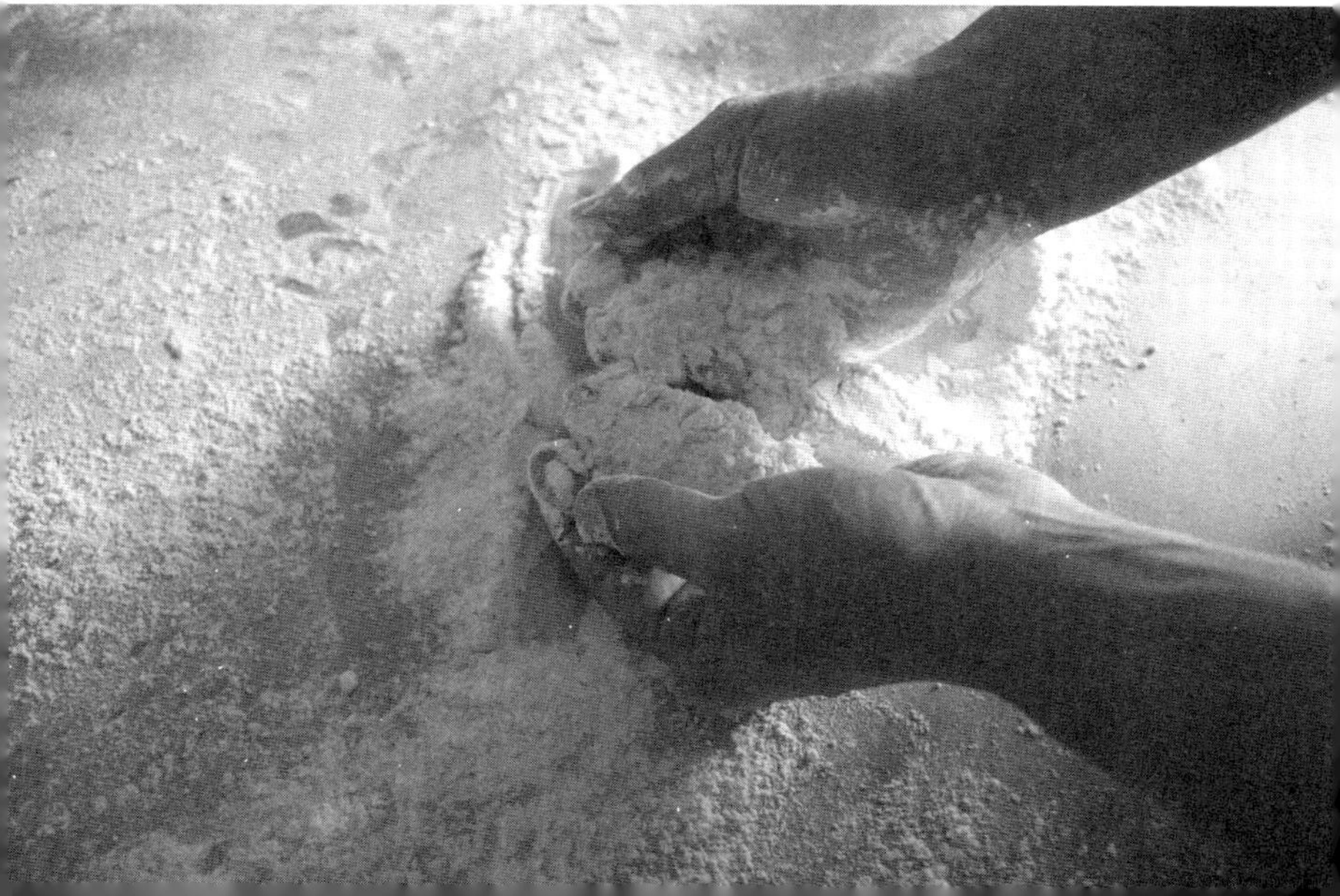

夏至

一

耳は　草に生まれる　白い草に露の　ひかり
に踊り踏まれた靴と大地に　耳は生まれる
胸に糸玉をもって生まれてきた　百本　千本
一万本の糸だ　夜の夜をtwinkle twinkle胞
子を飛ばし菌糸を織って虹の　鯨が空を泳ぐ
ころ　土の下ではおおきな錦の布が広がる
耳は草に生まれて　茸になる　世界を開く耳
になる

## 二

耳に毒があるのは　茸に毒があるからだろう
母が着飾って毒のある紅を差し　苺のいっぱ
いついたきれいな傘をさして立っている　迷
宮の波打ちぎわには印があって　そこだけが
光っている。耳は祈りのかたちをしている

三

忘却した耳は茸を食べる　ペヨーテ　カナチュアリ　ココーテの匂いがするとはじまりだ
獣の匂いだけでそばを通りぬけていく　湿った足音があらわれ消えて　そのたびに地面から夕暮れ蝙蝠《こうもり》が一匹一匹　飛び立つようだ
la io la io la io 音は闇として。波だち　波うち結晶する茸　耳が立つ　耳が嗅ぐ　耳はトリュフを探す豚のように　するどく大地をいきる

四

耳に迷った蝙蝠が　耳のなかで歌う　蝙蝠は
歌いながら聞いている　耳は歌われながら聞
いている　歌は蝸牛の耳石をユラユラ揺らす
揺らすばかりか飲み込んでしまう　耳石は雨
中のさざれ　雨を聞きながら重力をもつ

## 五

鐙《あぶみ》を蹴って　骨を蹴って　茸は駆ける　鐙が
歌う　燈《あかり》をかかげる　その大地　その菌糸の
よろこび　そのひろがり　その変状　御者の
いない馬車は　馬のいない鐙は　蹴って蹴っ
てすすめ

## 六

花はなく実をむすぶ　その金属の果実はもろ
く点滅し　虹のようにあまい　その夜　腐木
に立って　はじめて　歌う　花はなく　私は
私を生み　素粒子に貫かれまた私は異なって
生まれる

## 七

小さき者の声はちいさく歌う　爪先を立てて
歌うルリホコリの耳は　その歌を聞く耳より
ももっと小さい　内耳の枯れ葉に変形体は茸
の耳を立てる　聳えながら聞いて　ふるえて
歌う　たかく歌う　歌う声が耳を理解する

## 八

大きな音で世界中がおおわれていて　なにも
聞こえないから　端からこぼれ落ちた小さな
耳がみっつ　鼓膜を閉じた

九

雨があらゆるところに降ると　あらゆる雨粒
が耳をよろこばす　傘をおおきくひろげて
雨は懐かしい友を連れてくる
　Rain brings an old friend.
　Open your umbrella!
　Our Mushroom has opened.
雨は記憶していて森も雨をいと惜しむ　そこ
はかつてともども森だった　敷石をはがすと
いまも　ともども森だ

十

茸を裂いて香りを嗅ぐ　香りは仄かな暗がり
に音づれとしてやってくる　鼻腔から内臓へ
おまえを浮き彫りにする

# 十一

焼けた山肌にマッシュルーム・ピッカーたち
は*Matsutake*を採り歩く　ロードサイドには
バイヤーたちがいて　クメール　ラオ　ミエ
ン　スパニッシュ　クレオールなノイズが混
ざりあい　夜中にこっそり買い取っていく
*Matsutake*は高値で売れるからな！　亀の島
と呼ばれたオレゴンのエクストラテリトリア《治外法権》
ル　腐木を踏んで菌糸を辿り　大地の耳その
迷宮へ　潜れ

## 十二

狗吠えが聞こえる　喉から狗吠えが聞こえる
梢の下みちにききなれない獣が叫ぶ　そうか
君はききなれないか　だが耳はよくきき知っ
ている　曲がりくねっていても日暮れていて
も　喉と耳はひとつの道

十三

海月《くらげ》は波に似ている　波は貝殻に似ている

貝殻は耳に似ていて声の擬態に似ている　新

生代第三紀のイギリス海岸　泥炭が青く白く

燃え耳殻の無底へ　氷河に削られた耳の縁を

歩く

## 十四

鯨の腹のなかだったりする　油まみれの坑夫
だったりする　鼓骨が鳴りひびくのは　深く
潜っているからだ　落ちていくからだ

十五

鯨の腹のなかでは　腐蝕した鉱石が崩壊熱を発しながら海霧がたち込めている　異形のヒジリが絶えることなく祈りを捧げている　静かに波がつくられている　半減期は二万四千年　便りはどこからも届かない

# 十六

鯨の耳に人を探しに行く　忘却した耳だから
気道に寄せる波に溺れ　かえす波が道を示す
別れ道では時間が右にゆれ　左にゆれ　現在
は左　と印がある　のはほんとうだろうか

十七

シオマネキが騒いでいるので　エウスタキオ
教授が浜に出て　耳管の扉を開けたり閉めた
り具合を確かめている

## 十八

海峡が開き鯨の耳底に水甕を見いだす　忘れてしまった名前を探し指でなぞろうとするが水甕には溢れんばかりの人々がいて　みんなうつむいている　うつむいているひとりひとりその人に　かつて過ごした刹那刹那のまたその影が透けて重なり連なって　水面に映っている

## 十九

水甕は蝸牛管を満たし竪琴を鳴らす　来る者
を弔い　帰って行く者を悼むその調べ　三つ
の半規管はエピキュロスのバグパイプ　不協
和音の暗闇に手と手をつなぎ　また別の手へ
糸を切って　想起する

二十

舟は鯨とともに霧海をすすむ　舳先にあたる
霧粒が水甕と響きあう　遠く三千キロ先で聞
く

二十一

海溝に軌道車が降りていく　坑道には震える空気もなくここは静かだ　誰もが声を持たずに聞いている　脚で立つほどの底もないので喉にいたる道もない　誰も祈ることを知らない

## 二十二

降りていく坑夫たちは　小鳥が囀るように小さく足を運ぶ　平均律によって分割されることなく黄鉄鉱は切り出され　断面はすぐさま耳骨に送られる　坑夫たちの顔は青く照らされ　見上げたさきに水甕の縁がのぞいている

# 二十三

はじめて混沌に会う　三番坑の切羽《きりは》そのどんづまり　岩盤がもう抜けてしまって明るくなっているあたりで出くわした　崩れた坑木にしばらく一緒に坐わっていたが　なにも話さなかった　上にあがって　そんなことがあったと云うと　みんなは眼も耳も鼻も口も閉じ囁くように笑った

二十四

今日は先山　カンテラを持ってヤマに行くと
『迅速に！』と張り紙がしてある。あいつら
が来てやがるのか　坑道に降りると逃げろ！
という　ガスにもっていかれる前に裸火《はだかび》を吹
き消して　混沌に会いたいと思う

二十五

まっくらに穴を開ける　鑿《のみ》を槌で叩いてまっくらの中心に向かい穴を開ける　叩いては抉《えぐ》るように鑿を回しまた叩く　手元も見えずまっくらな中で音を頼りに鑿を叩く　崩れた石の欠片にオドラデクが混じっていて　かわいた笑い声　をたてたりするがここでは誰もが酸欠だから気にかけない　とにかくまっくらの底へ　混沌へ

二十六

ガスが噴き出すときは　底から湯が沸いて煮えたぎった音がする　まるで鍋の蓋に乗って岩盤も坑道も身体もカンテラも踊っているようだ　歌っているようだ　大太鼓を叩いているようだ　もう鼓膜は破れ水が溢れる

# 二十七

鉱染鉱床は母岩形成後に岩石の裂罅《れつか》に沿って
熱水が染み込み、熱水中の金属が沈殿。鉱石
鉱物は熱水で変質した岩石中に、黄銅鉱　緑
泥石　微細な白雲母などが散点状に含まれ、
酸化的な条件で形成され、され　され　され

# 二十八

身体は水泡《みなわ》に満たされ　やがてそれは珪素に
入れ変わり　母岩に包まれ眠くなる　沈殿し
た坑夫の仮晶《かしょう》と呼ばれ　遊色の蛋白石とも呼
ばれるようになる

# 二十九

混沌無面目　是識歌舞

混沌はよく歌いよく舞い　よく悼む

# 冬至

一

私の耳　は閉ざされ　鳥たちは渡ってこない
空には壊れた拡声器から　くぐもり途切れ
祈りが響く　私は踵を落とし　足の裏を土に
あわせて歩く　骨の標《しるべ》が刻まれる　傷を耳に
する

二

家に帰ると家があった　家に帰ると食卓があった　木霊する祈りをひとつ、オーブンにくべるとまた祈りだす　窓を開けると夜空になる　夜が夜であるように

三

湯が沸く　コップが机に置かれる　豆を洗う
豆を茹でる豆をつぶす　音がある　窓が震え
る　壁が崩れる　豆をオリーブオイルで揚げ
聞いたこともない音　を紙に書いてピタに挟
んで食べてしまう　言葉なら食べられる

## 四

手を打ち鳴らす　ひとり打ちふたり打ち　またひとり打ちふたり打ち　あまた手を打ち鳴らす　忘却に息を吹きかける　辞《こと》の葉《は》はうち捨てられ土へと返り　腐葉《いきは》は取られ口にされ俄かに私の身体が燃え上がる

## 五

交じわりのうちに喰らいあい　眼のうちに失
いあう　路傍の蟷螂《かまきり》が言葉を食《は》み朽葉になり
枯れ葉になる　ひとつの石になる　その傍ら
で小麦粥を炊く

六

小麦が炊けるなら　ことばも炊けるだろう
石も炊けるだろう　石を砕いて葡萄《ぶどう》の葉で包
み差し出される　一切れのlemonを添えて
欲しいと願う

## 七

小麦粉をこねて延ばす　透きとおるほど薄く
なる　そこに切り落とされた花蕊《はなしべ》をぬり　ま
た薄く延ばし　切り落とされた乳房をぬり
また薄く延ばし　切り落とされた記憶をぬる
くりかえしくりかえし　崩れたレンガを積み
祈るように重ねていく　このようにして私た
ちは甘い香りの菓子を冬に孕む

八

今年は耳を持たない子供がたくさん生まれた
耳を持たない子供は　生まれる前をよく記憶
しているので　文字を覚えるのが早い　顔の
横に耳という文字を書いて　私の耳をひとつ
分け与える

九

子が十歳の冬になったら　もうひとつの耳も
あげよう　私には耳がなくなるが　心の蕊《しべ》に
小さな耳がある　その耳で水路の門番になろ
う　また世界が溢れないように　溶け出して
しまわないように

十

産卵の季節なのに　うなぎが水路を銀色に染めて遡上していく　海を吐き出しあらゆる太陽を呑み込みながら　湖沼の蔭へと降りていく　コンステラツィオンが書き換えられたのだ

十一

汽水では漁父たちが空っぽの漁網を引き揚げる　船のエンジンを切ると　新月に冴えわたる空は見知らぬ空だ　星図を失った者たちの身体はその失くした分だけ軽くなり　だからまた船もそれだけ軽くなる　陸は無くなり空だけになる

十二

縁のない空に海牛の皮を張り　鯨の舌で打ち
鳴らす　響く鯨声は高く低く雲をつかみ　そ
のざらざらした権力は撥《ばち》を握った者が持つ
撥は持ち手を巡り　ゲオルク・シュテラーは
一七四六年雪解け前に　ドラムを打ちそこな
った　私たちはSteller's sea cowを失った

十三

雨も降っていないのに　傘をさして子供たちは夜の公園に粘菌を取りに行く　約束した合図があるのか夜半に粘菌は子実体になっている　朝、腐ったベンチの板をめくるとチョウチンホコリとともに子供たちが揺れ、ていたりする

# 十四

子供たちが　砂場で海牛の骨を見つけたと言って持ってくる　手に取ってみると大きな耳骨だ　もう石化が始まっている　よく磨くと光るよ、と言って返した子供の手のひらは折り紙を開くように　骨に戻っていった

十五

傘をさした子供がやってくる　ジキタリスの
手袋をした手にマリーゴールドの灯りが点る
ex-! ex-! 掟の外へ！　聞き取れない言葉が泥
だんごになって　街灯の周りを飛び交い　俺
たちは一緒に放り出され　俺たちは収容され
俺たちみんなで溢れかえる

# 十六

敷石の隙間を奴らは踏めない　罅割れたコンクリートを掴むことはできない　俺たちは見知らぬ者の靴を履いて　だから引き摺るようにex- ex- ex- 移動し　腐木を踏んで喰ってて渡っていく　地上10cmの空には鍵がかかっていておまえは誰かと問われるが　うつむいて　眼を伏せて　耳を潰して歌う　唇を結び歌う

# 十七

戻って来ない父を捜して暗渠《あんきょ》を歩く　足下に
は水が溢れ流れているのに　母は水門の傍に
立ったまま上流を見つめている　父と呼び母
と　呼びはするが　粘菌の子実体は変異体の
表現だし　うなぎは乱婚だ　海の底。暗渠の
なかは空気が薄く胞子が散乱している

## 十八

褐色の水をそそぎ　腐敗した未分を集めて蒸留すると　茴香《ういきょう》の香りがする　一杯の酒に酔って歩き出すと　一塊《ひとくれ》の泥炭が燻り　夜道の真ん中で蒼穹を映して明滅している

十九

熾《おき》になった泥炭を拾い　鞄に入れて歩き続けると　鞄のなかで風が吹き荒地が波打つ　海から黒雲が押し寄せ嵐になる　鞄を胸に抱えヒースの群生のなかに立ちすくむ

# 二十

ヒースの茂みをかき分け進むと　下枝に脚を
とられ　絡まっているのが枝なのか　私の脚
なのか分からなくなる　私が脚で進んでいる
のか　ヒースに運ばれているのか分からなく
なる　荒地が紫色に染まり　燃えているのは
私なのか　ヒースの花なのか分からなくなる

二十一

石が踊っている　人ほどもある石が真っすぐ
に立って動かずに踊っている　海にむかって
暗く訪え　こもりてうつろえ　石はうつせみ
いしはさみなし　歌はなくわたしはおどる

二十二

子供の手についた折り目を伸ばし　仮面を作る　鋏で目と口を切りとり　紐でくくり顔につける　雨の夕暮れ　近く遠くあらゆる雨音が蕊の水甕に響き　私のなかに耳　が帰ってくる

二十三

次の日も　その次の日も顔に仮面をつけて過ごす　曇り空だが　聞こえる声がふたつになったので　お茶も椅子も物語もふたつ　用意する

# 二十四

北の丘陵地　イチイの垣根で作られた迷路を
歩く　私は左に行き　私の　仮面は右に行く
垣根越しに歌いあい　手のひらでイチイの葉
擦れを立ててゆく　真ん中でまた一緒になる
が　ともに戻る道が分からない　私が傘をさ
してうずくまると　私の仮面もなかに入って
うずくまる

# 二十五

冬至の夜に熊男がやって来て　顔につけた仮面を奪っていった　熊男がいないことは知っている　だが冬至の夜なのだ　食卓の上に鯨の耳骨　茸の胞子　ゲオルク・シュテラーと海牛の写真　ドードーの縫いぐるみ　蛋白石《オパール》の欠片　そしてうなぎの絵を描いてヒースの花を飾る

## 二十六

熊男がやって来て　そうじゃない　そうじゃない　そう言って　食卓に並べたものを全てさらって行く夢を見た　そして空っぽになった食卓には　ジキタリスの手袋が一組、置かれている

二十七

今年のヒースは枯れて　泥炭になろうとしている　長靴をはいて踏み歩くと夜が沈み　訪れた薄明に　混沌が声をあげて泥を撥ねあげた

## 二十八

手にたくさんの耳を持って海に行く　ざわめきあふれ水泡の寄せる渚に行く　深く海から洩れるため息だ　耳を開いて海を飲み込むと耳は鯨の腹のように大きくなって空に泳ぎでる　金星の暮れかたに　耳は空が透けて虹色をしている

## 用語人名解説

**P16　ペヨーテ　カナチュアリ**

ともに幻覚性植物。アマゾンの先住民シピボ族のシャーマンのもとへ旅したハーポ部長はこう記している。

「強い幻覚作用で悪名高いカナチュアリを湿布にして喉に貼る。頭が軽くなり意識がはっきり、すっきり。その後、深い昼寝。カナチュアリはパワフルな植物なので、吸ったり飲んだりしたら大変なことになるけど、湿布はなかなかいい塩梅」（ハーポ部長『アマゾン始末記――癒しと呪いのアヤワスカ旅』ヒビノクラシ出版、二〇二三年）

**P30　バルトロメオ・エウスタキオ（一五〇〇頃～一五七四年）**

イタリアの解剖学者。聴覚器官の構造を解明するなど、解剖学の基礎を築く。ローマの大学の解剖学教授に任命され、耳の鼓室と咽頭をつなぐ管状のエウスタキオ管に名を残す。なおエウスタキオ管には、弁のような「エウスタキオ管クッション」があり、閉じたり開いたりして鼓室の空気圧を調整する、いわゆる耳抜きの機能がある。

**P32　エピキュロス（紀元前三四一～紀元前二七〇年）**

ギリシャ・サモス島の人エピキュロスは生成する物質の概念を提唱し、自然の認識による「アタラクシア（心の平静）」を説いた。彼の原子論における「クリナメン（原子の傾斜運動、逸れ、偏奇）」について書かれた、ピアニスト高橋悠治の一節が美しい。

「ミシェル・ビュトールにその後パリで会った時、アメリカでナイアガラの滝を見てクリナメン（偶然のわずかな偏り）を理解したと言っていた。さらにその数年後バッファローで、雪の日にクセナキスの運転する小さな車で、ナイアガラを見に行ったことがあった。滝の一部は凍っていたが、流れて激しく落下する水の飛び散る先には、小さな虹が立っていた。それはクリナメンの創造する多重宇宙を映す鏡のようだった。水の粒子はぶつかり、まず反発する。出会いは結びつきではなく、ちがう方向に離れるほうが先になる。目に映る水は、落ちる時、一つの流れからはぐれた粒子の軌跡を一瞬見せる」（高橋悠治『カフカノート』みすず書房、二〇一一年）

**P36　混沌**

中国・戦国時代の思想書『荘子』応帝王篇に「混沌」についての不思議な記述がある。

「南海の帝は「儵《しゅく》」といい、北海の帝は「忽《こつ》」といい、中央の帝王を「渾沌」といった。あるとき儵と忽が混沌の住まいで出会い、混沌はふたりをたいそう丁寧にもてなした。ふたりはその厚遇にいかにして報いるべきかを相談して、言った。「すべての人間は、見るため、聞くため、食べるため、呼吸をするための七つの穴（目、耳、鼻、口）を持っているが、彼には一つとして穴がない。彼にこれらの穴を開けてあげよう。」ふたりは一日に一つずつ混沌に穴をあけていったが、七日目に混沌は死んだ」（ジャン・フランソワ・ビルテール『荘子に学ぶ――コレージュ・ド・フランス講義』亀節子訳、みすず書房、二〇一一年）。儵忽はにわかに、たちまちの意。

P38

オドラデク

フランツ・カフカ（一八八三〜一九二四年）の短編「父の気がかり」には次のようにある。

「一説によるとオドラデクはスラヴ語だそうだ。ことばのかたちが証拠だという。別の説によるとドイツ語から派生したものであって、スラヴ語の影響を受けただけだという。どちらの説も頼りなさそうなのは、どちらが正しいというのでもないからだろう。だいいち、どちらの説に従っても意味がさっぱりわからない」（『カフカ短編集』（池内紀編訳、岩波文庫、一九八七年）

P53

コンステラツィオン（Konstellation）

ヴァルター・ベンヤミン（一八九二〜一九四〇年）が使ったKonstellationは「状況、局面」と同時に「天体の位置関係、星座」を意味する表現。星座的布置とも訳される。『歴史の概念について』の鹿島徹の評注にはこう記されている。

「星座とはいうまでもなく、互いに時間も空間も相異なるところに存在する星が、意想外のしかたで結びつくところに成立するものである。史的探求の現在と特定の過去とは、危機の瞬間において、この意味での星座的布置（コンステラツィオーン）をなして出会うのだ」（ヴァルター・ベンヤミン『歴史の概念について』鹿島徹訳・評注、未來社、二〇一五年）

P55

ゲオルク・ヴィルヘルム・シュテラー（一七〇九〜一七四六年）

一七四一年、カムチャツカ遠征隊に博物学者として参加。十一月にコマンドル諸島の無人島で座礁。シュテラーはこの島で、体重六トンにもなる大きな海牛を発見、のちにSteller's sea cowと呼ばれるようになる。乗組員たちは、この海牛を狩って冬を越し生還した。シュテラーの報告書によりこの海牛の存在が知られ、その結果、毛皮商人たちがコマンドル諸島に渡り、海牛はシュテラーの発見から二十七年目の一七六八年には絶滅した。シュテラーは一七四六年、島からペテルブルクへ戻る途中に病死したので、その絶滅を知らない。

P64

さみなし

「さ身無し」「さ実無し」とも。中身がない、中がうつろで空洞であること。古語における「ミ」は身、実、子を表し、私を指すこともある。耳のミミも、パンのミミもこの語の派生か。「やつめさす　いづもたけるが　はけるたち　つづらさはまき　さみなしにあはれ」という歌が『古事記』にある。

# 混沌のために

管啓次郎

〝Knead only what you need〟というフレーズが、この三十年あまりいつも頭のどこかにある。「きみは必要とするものだけをこねなさい」ということか。でもこの言葉は、ちょっと考えてみるとよくわからなくなる。あまりにいろいろなことに手を出す貪欲への戒めなのか。剰余価値というか他人の利益のために働かされることへの拒絶なのか。ほんとうに大切な何かのために手先に意識を集中し力を（そして魂というものがあるなら魂を）こめて仕事にとりくめという精神的な教えなのか。

解釈がいずれであれ肝心なのはkneadという動詞で、「こねる」という掌を最大限に生かした動作が何をなしとげるかをそこでは考えざるをえない。穀物の粉に水を加えてこねる、そ

# 『茸の耳　鯨の耳』に寄せて

小笠原博毅

パン屋はパンの耳を詠わない。それは、耳がいつも外を向いているからだ。パンの耳は外を向き、オーヴンの熱をすべて一身に受け止める。それは閉ざすことがないからだ。茸の耳はどうだ？　しなやかな粘糸の繭に導かれて、内に向いてしまわないか？鯨の耳は？　もし耳が内を向いてしまったら、それはもう腹だ。腹は脂肪によって木霊を遮り、とても気楽な、楽しい、ぬくぬくとした状態を作り、その中にいればたとえどんなことが起ころうともまったく無関心な態度を守り続けることができる。でもパンの耳はいつも外を向いて自らを黄金色に染め、中身を柔らかに保ちつつ必要な熱を伝える、孔の塊だ。パン屋がわざわざパンの耳を詠わない代わりに、詩人は茸と鯨の耳に幾度も問いかける。お前たちは大丈夫なのか、ちゃんと耳のままでいられているか、と。詩人が詠う耳たちは、生の儚さと死の確かさと、生の自在感と死の浮遊感と、それらの間でどっちに向こうか迷い続ける。詩人は迷いを肯定し、詩は言葉の独立を守る最後の砦となる。ご賞味あれ。

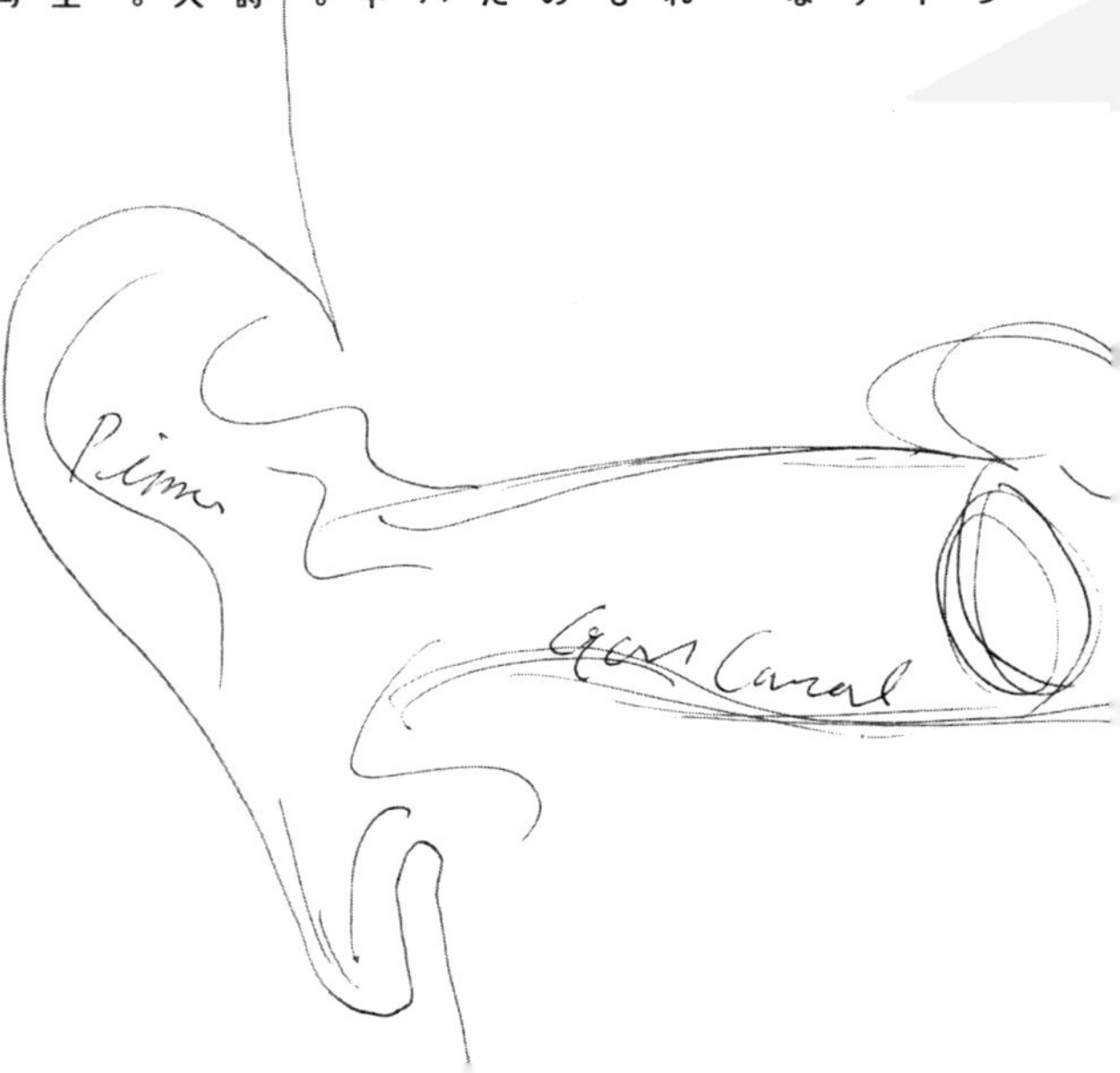

## 『茸の耳　鯨の耳』に寄せて

ヤリタミサコ

人類は、人の大きさを失ってから久しい。その大きさを生きていたときには神話と人は親しかったが、いつのまにか、人は神話と疎遠になった。

見えなくて、体験できない事実を、人は経験している。宇宙からやってくる粒子たちから、海辺の波のしずくから、地中深く眠る鉱物の意志も、海底に漂う生命の初源の情動も、人はみな、身体の内部に眠らせている。記憶の未来は無数にある。

ナナオとギンズバーグが悠々と散歩しながら、鯨たちと一緒に笑い合っている。ミシマは、二人の耳からこぼれてくる神話を拾い上げる。キノコは見えない布地を紡いで空に広げ、蝶の羽ばたきがオーロラを舞わせ、ひと粒の雨だれが氷河を作る。蝙蝠と蝸牛の耳石の秘蹟が、人の世の北の端と南の端を円環に形作る。そして夜が夜になる。

素手で丸木舟を漕ぎながら、雨と光と混沌を求めて遡行していくミシマがいる。

れは食物をもたらす。痛みに苦しむ誰かの肩や背を揉んであげる、それは平安をもたらす。掌を使って何か特別な力を行使できる人は実際にいるようだが、生地をこねそれを焼いて別の次元に移行させるという技の担い手も、あるいは現実にそのような霊的能力の持ち主だと考えるべきなのかもしれない。

この英語のフレーズをぼくはチカーナ（メキシコ系アメリカ人）詩人グロリア・アンサルドゥーアから学んだ。彼女はとうもろこしの粉をこねてトルティーヤを焼く。ミシマショウジは小麦粉をこねてパンを焼く。彼は物質の変容に日々直面する職人だ。そして一日の仕事を終えると、言葉というそもそも物質的には無でしかないものをこねる別の職人に変身する。言葉をこねることによって、彼は逆に無から彼がほんとうに必要とするものをつくりだすのだ。わかるだろうか。物質があって、それをこねるのではなく（それは彼の朝の仕事）、こねるという動作によって無から物質をつくりだしている。それが彼の詩で、それはミシマが焼くパンの陰画のような位置にあるのではないか。

ぼくはミシマの詩集『パンの心臓』（トランジスター・プレス、二〇一一年）を覚えていた。でもその中に「茸の耳」と題された短い詩が収められていたことは忘れていた。忘れていた何かは存在しなくなったわけではなく、また帰ってくる、ふと帰ってくる。あれは誰から聞いたのだったか、春先に熊が歩いて倒木や朽ちた葉を歩行の振動でゆらすと、そこによく茸が生えるそうだ。菌は眠っていて、振動により目覚め、成長する。そして詩は詩になる前そのような胞子としてあり、時を得て詩になってからもまた眠りの状態に移行することがある。

それからのそのそと熊が歩くと、その振動に刺激をうけてまた成長をはじめる。詩は完全にいなくなることはない。詩は忘れられてもまた、ある雨上がりの朝に、ひょっこりそこに生えている。「のそのそ」という日本語の中に oso つまりスペイン語の熊がそっくり姿を見せているのも、おもしろい言葉の森の不思議。

ミシマショウジの新しい詩集は、だからとっくの昔にはじまっていて、その菌糸がいまここで芽吹いたようなものだ。いや、「芽吹く」というのは変かな、茸は植物ではないし。でも茸という文字をよく見ると、それは草のあいまに生えてきた耳以外のものではない。耳たちが森や草原に神秘的な円環を描くこともある。いったいどんな音が聞こえているのか。そんな疑問は、そこまでは、多くの人が思いつくかもしれない。でもそこからはじまって意識が旅をするのが『茸の耳　鯨の耳』の唯一無二の世界だ。

菌類がおもしろいのは動物もなく植物もなくすべての生命体をつなぐこと。それ自体は音響とは無縁なのに（さっきいったような振動という側面を除くなら）、耳と連想でむすばれることで世界の音を聞くようになることだ。これに対して鯨の耳は遠くまで届く超低周波の音を聴きとり、陸や嵐を察知し、仲間たちと歌をかわす。陸に茸の耳あり、海に鯨の耳あり。かれらにみちびかれて、ミシマは夏至と冬至をむすぶ一年のサイクルを旅するが、そこにはこの世を構成するまるごとの生命と、非生命が生命との関係においてもつ別種の生命が、めくるめく速さで点滅する。

詩は詩である以上、存在と非在が硬貨のように表裏一体となった事態ばかりをさししめすが、詩のもうひとつの大きな仕事は能動／受動を逆転させ解体することだ。われわれは耳が何かの音を聞いて理解すると思う。ミシマの詩では「歌う声が耳を理解する」。それとおなじように、われわれはつい手がパンをこねると考えがちだが、同時に手は生地によってこねられ造形されているのだ。すべてがしずかに固定化され個別物となった世界とは反対に、詩では可能なすべてが逆転させられ、激しい運動状態におかれ、結合する。そのぶん、すべてが振動つまりは音を発し、音が届くところ新たな耳が無数に生まれる。誰のどんな詩においてもじつは起きているそんな変容を、毎日パン種の発酵を待機しながら同時に詩を待っているミシマは、誰よりもよく意識し、観察しているのかもしれない。

究極的には、詩との関係は混沌との関係だと思う。「はじめて混沌に会う」「みんなは眼も耳も鼻も口も閉じ囁くように笑った」「混沌に会いたいと思う」「混沌はよく歌いよく舞いよく悼む」。人と外界をつなぐ目や鼻などの穴をすべて欠く混沌は、ただかたまりとしてあり、しかし感覚し、歌舞することを知っている。ああ、とぼくは思う。混沌、それはパンだ、パン生地だ。これられる、そして、こねる。混沌が歌うのは、舞うのは、悼むのは、われわれだ。その思考に驚き、笑い、救われるような気がし、感動する。日々、パンがわれわれを歌っている、踊っている。彼がそう口にすることはないかもしれないが、それがミシマショウジの思考だ。良い思考をもたらす、ミシマの詩の仕事だ。

（すが・けいじろう／詩人、比較文学研究者）

ミシマショウジ

兵庫県で自家製酵母パン店 ameen's oven を営む。パンを焼き、詩を書く。『現代詩手帖』２０１７年10月号の特集「詩と料理」に作品が掲載。詩集に『Ghost Songs』（黒パン文庫）、『パンの心臓』（トランジスター・プレス）、共著に『敷石のパリ』（トランジスター・プレス）、『舌の上の階級闘争』（リトルモア）などがある。友人たちと『詩の民主花』を発行し、朗読会をおこなっている。

# 茸《きのこ》の耳《みみ》　鯨《くじら》の耳《みみ》

2024年11月30日発行

著者　ミシマショウジ

発行　トランジスター・プレス

〒247-0064 神奈川県鎌倉市寺分1-19-11-101

サウダージ・ブックス有限責任事業組合内

Tel・Fax　0467-62-3151

E-mail　info@saudadebooks.com

装丁・組版　川邉雄

写真　大内美弥子

印刷製本　株式会社 松栄印刷所




Printed in the Japanese Archipelago

ISBN 978-4-902951-11-0 C0092